ITY P

sente

**The
HEALTHY START
PROGRAM**

1997

F 1201-73.2

Nicola Bayley

Canciones Tontas

Versión de Javier Roca

Editorial Lumen

Para Elizabeth y William

TITULO ORIGINAL: NICOLA BAYLEY'S BOOK OF NURSERY RHYMES

PUBLICADO POR EDITORIAL LUMEN, S. A.,
RAMON MIQUEL Y PLANAS, 10 - 08034 BARCELONA.
RESERVADOS LOS DERECHOS DE EDICION
PARA TODOS LOS PAISES DE LENGUA CASTELLANA.

PRIMERA EDICION: 1982
SEGUNDA EDICION: 1986

© NICOLA BAYLEY, 1982
DEPOSITO LEGAL: B. 25.555-86
ISBN: 84-264-3566-1
PRINTED IN SPAIN

IMPRESION: GRUP 3, S. A.

HUMPTY DUMPTY estaba sobre una pared,
de cabeza al suelo el pobre se fue.
Nobles caballeros
—pelucas y lazos—
fueron incapaces de unir sus pedazos.

¿QUIÉN mató al jilguero?
Yo, dijo el gorrión,
con buena razón,
yo maté al jilguero.

¿Quién lo vio morir?
Yo, la mosca dijo,
que en todo me fijo,
yo le vi morir.

¿Quién guarda su sangre?
Yo, dijo la trucha,
la tengo en mi hucha,
yo guardo su sangre.

¿Quién hizo el sudario?
Yo, el escarabajo,
con mucho trabajo,
yo le hice el sudario.

¿Quién abrirá el hoyo?
Yo, dijo el mochuelo,
con gran desconsuelo,
yo excavaré el hoyo.

¿Quién hará de cura?
Yo, doña corneja,
por ser la más vieja,
debo hacer de cura.

¿Y de sacristán?
Yo, dijo la alondra,
nada me atolondra,
seré el sacristán.

¿Y quién va a alumbrarnos?
Yo, dijo el pardillo,
que soy amarillo,
yo voy a alumbraros.

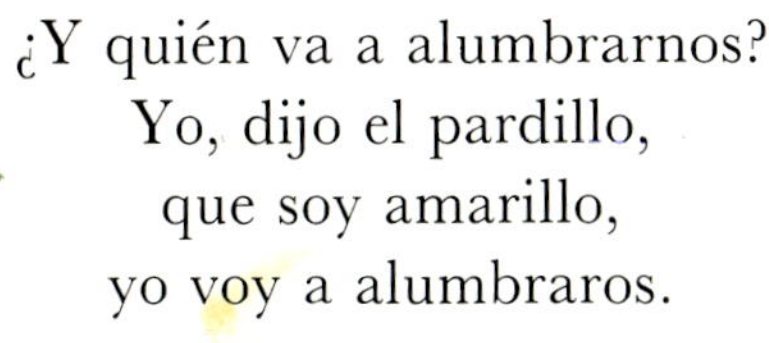

¿Y quién va a llorarle?
La pobre paloma
muy triste se asoma:
Yo voy a llorarle.

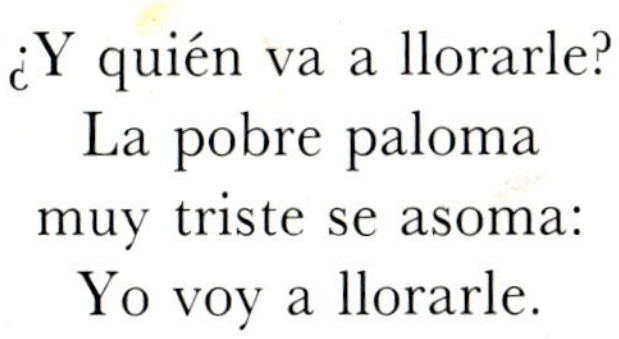

¿Quién pondrá la losa?
Yo, dijo el milano,
que soy fuerte y sano,
yo pondré la losa.

¿Quién llevará el palio?
Los dos reyezuelos
pondrán negros velos,
llevarán el palio.

¿Quién cantará salmos?
Yo, dijo el zorzal,
que no lo hago mal,
cantaré los salmos.

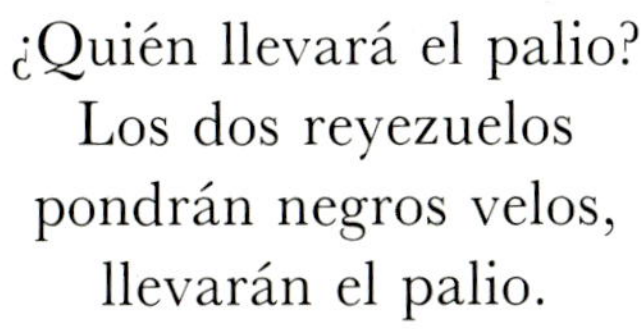

¿Quién dará el din-dan?
Yo, dijo el pinzón,
conozco este son
y daré el din-dan.

Doblan las campanas
llamando al entierro,
¡cómo lloran todos
al pobre jilguero!

ROSA, Rosa, mariposa,
    ¿qué crece en tu jardín?
Pechinas marinas, campanas enanas
y niñas bonitas sin fin.

G ANSITA, gansona,
dime ¿a dónde vas?
Al piso de arriba
y al cuarto de atrás.
Allí encontré a un viejo
seco como un ajo.
Me vio y se cayó
escalera abajo.

LA tía Rosario
      buscó en el armario
huesos para el can.
      Pero ¡ay Dios mío!,
estaba vacío,
sin huesos ni pan.

Se fue al panadero
      para comprar pan,
mas, cuando volvió,
      muerto estaba el can.

Le compró la caja
      y encargó una misa...
mas, cuando volvió,
      lloraba él de risa.

Fue luego al mercado
      a comprarle tripa,
mas, cuando volvió,
      él fumaba en pipa.

Se fue a la taberna
      a comprarle ron,
mas, cuando volvió,
      lo halló en su sillón.

Fue luego a comprarle
      algo en la farmacia,
y al volver lo halló
      haciendo acrobacias.

Le compró un melón
      muy dulce y muy blando,
y al volver lo halló
      la flauta tocando.

Fue a comprarle un traje
        en la sastrería,
y al volver lo halló
        montando una chiva.

Le compró después
        un sombrero alto,
y al volver lo halló
        cuidando de un gato.

Fue luego a comprarle
        una buena peluca,
y al volver lo halló
        en plena farruca.

Le compró unas botas
        de precio muy módico,
y al volver lo halló
        leyendo el periódico.

Le compró la tela
        para una camisa,
mas, cuando volvió,
        él hilaba aprisa.

Le compró unas medias
        hechas a ganchillo,
mas, cuando volvió,
        lo encontró vestido.

El can la saluda,
        la dama se inclina,
dice ella «¡qué amable!»,
        y él dice «¡qué fina!»

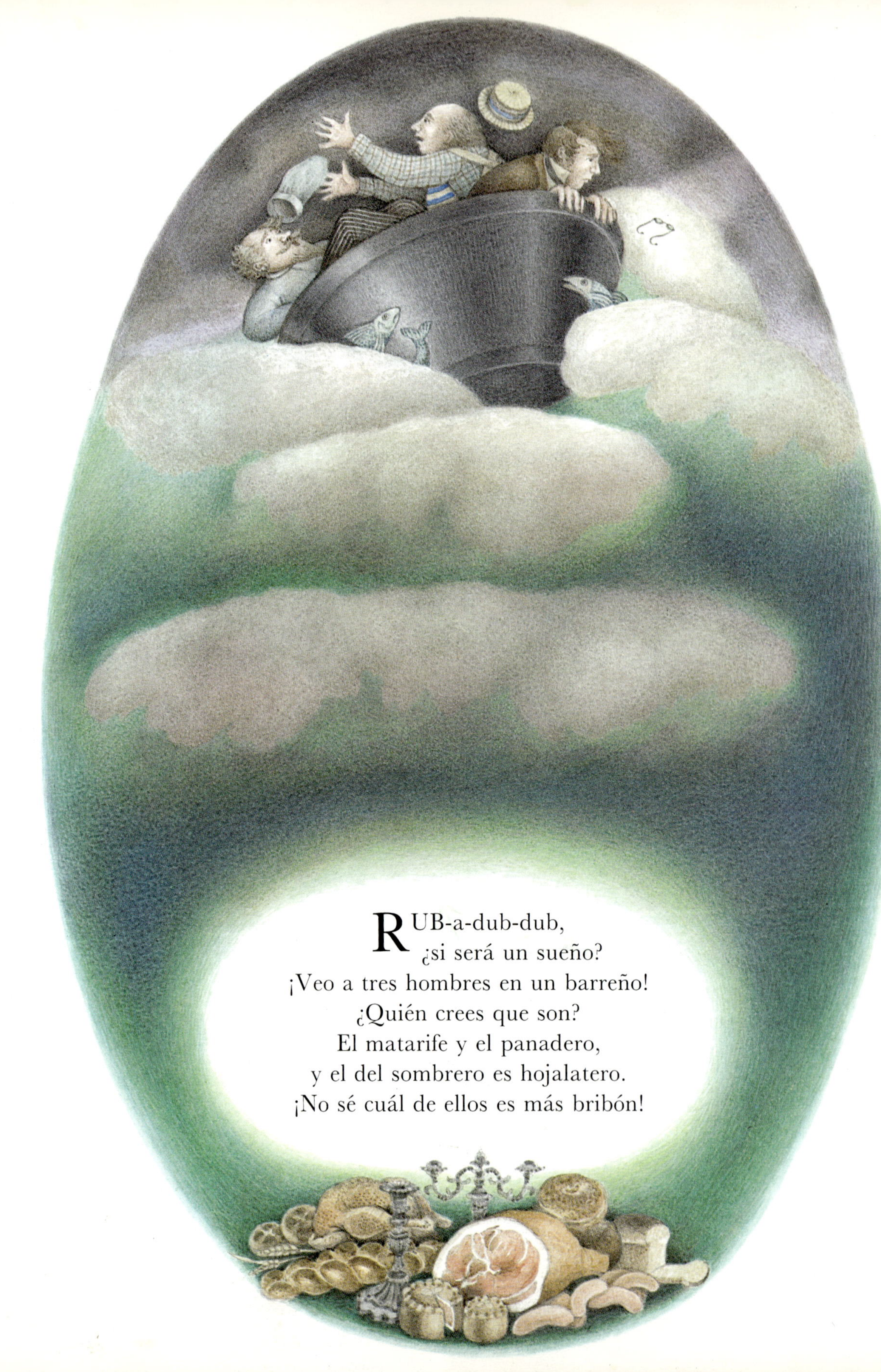

RUB-a-dub-dub,
¿si será un sueño?
¡Veo a tres hombres en un barreño!
¿Quién crees que son?
El matarife y el panadero,
y el del sombrero es hojalatero.
¡No sé cuál de ellos es más bribón!

LLOVIA, llovía, y el doctor García
se fue a Extremadura.
Se metió en un charco hasta la cintura.
«¡Si vuelvo otro día, voy a hacerlo en barco!»,
lloraba García.

IBA yo al Puerto de las Rosas.
Di con un hombre y sus siete esposas.
Cada esposa tenía siete sacos,
en cada saco maullaban siete gatos,
tenía cada gato siete gatitos.
Gatitos, gatos, sacos y esposas,
¿cuántos iban al Puerto de las Rosas?

TO THE SEA
ST IVES

UN día la Reina de Corazones
hizo una fuente de polvorones.
Pero la Sota, que era un bribón,
se los robó. ¡Pilla al ladrón!

CANTA una canción,
ni larga ni corta:
veinticuatro mirlos
dentro de una torta.

Se parte la torta,
rompen a cantar.
Dice el rey: «¡Qué torta
tan particular!»

El rey está en su despacho,
cuenta y cuenta sus monedas;

la reina está en su aposento,
vestida de oro y de seda.

La moza está en el jardín,
tendiendo la ropa.
Viene un mirlo y le pica
la narizota.

JUAN Simplón se fue a la feria
      con sus calzas cortas,
y lo que más le admiró
      fue un puesto de tortas.

Dijo Juan al pastelero:
      «¿Qué hace usted con tantas?
Si las come, le harán daño.
      ¡Deme a mí unas cuantas!»

Juan Simplón se fue de pesca
      lleno de ilusiones,
mas comprobó que en un cubo
      nunca hay tiburones.

Juan Simplón se fue muy serio
      a cazar conejos.
Le dijo a la cabra: «¡Llévame,
      que el bosque está lejos!»

Juan Simplón tuvo una idea
      muy original:
«Para cazar golondrinas,
      ¡no hay como la sal!»

Juan descubrió una bandada
        de patos salvajes.
«¡No sabía que los patos
        tuviesen dos trajes!»

Juan quiso dar un paseo
        en una vaquilla,
pero cayó y se rompió
        todas las costillas.

Hizo una bola de nieve
        muy cerca del fuego.
«¿Quién me ha robado la bola?»,
        preguntaba luego.

Juan se metió en un espino
        a buscar cerezas.
Salió lleno de arañazos
        hasta las orejas.

Juan Simplón se fue a por agua
        con un colador.
«Si no tuviera agujeros,
        me iría mejor.»

DENTRO de una bota
   vivía una vieja.
Tenía trece hijos
   y poca manteca.
Les daba una sopa,
   nos cuenta la fama,
y con dos azotes
   los metía en cama.

UN viejo torcido andaba
	por un torcido sendero.
Y una moneda torcida
	encontró el torcido viejo.
Compróse un gato torcido
	que cazó torcida rata
y vivieron muy felices
	en una torcida casa.

NACIDO en lunes:
rubio y con rizos.

Nacido en martes:
niño enfermizo.

Nacido en miércoles:
emprendedor.

Nacido en jueves:
trabajador.

Nacido en viernes:
será gracioso.

Nacido en sábado:
será dichoso.

Nacer en domingo es suerte mayor:
será guapo y rico y encantador.

BEE, bee, oveja negra,
¿tienes lana fina?
Tres saquitos tengo,
tres saquitos llenos.
Uno para el ama,
otro para el amo,
y otro para el niño
que vive en la esquina.

¡TRES ratones ciegos, tres ratones ciegos!
¡Ved sus travesuras, contemplad sus juegos!
Atacan furiosos a la cocinera,
que a los tres trató de mala manera.
Les cortó la cola despiadadamente,
¿visteis nunca nada tan sorprendente?

UNO, dos,
servidme el arroz.

Tres, cuatro,
me aprieta el zapato.

Cinco, seis,
conejos, ¿qué hacéis?

Siete, ocho,
prepara el bizcocho.

Nueve, diez,
llame usted otra vez.

Once, doce,
un baño, ¡qué goce!

Trece, catorce,
un ramo de flores.

Quince, dieciséis,
deprisa os movéis.

Diecisiete, dieciocho,
más huevos para el bizcocho.

Diecinueve, veinte,
caliente, caliente.

ANITA Machado,
sentada en el prado,
comía requesón.
De pronto una araña
la engaña con maña
y le quita el cucharón.

JUANITO Porcel
se zampa el pastel
sentado en un rincón;
y junto a él
su amigo fiel
dormita en un sillón.

ENTRE los astros flota la vaca,
  el can se burla y la lengua saca,
mientras el gato toca el violín.
  Y la cuchara le dice al plato:
«Son gente rara, pasan el rato.»

EL Rey Pascual era un tipo jovial.
Solía llamar: ¡Din, din!
Una buena comida,
una pipa encendida
y música de violín.

ESTE cerdito se fue al mercado,
este cerdito se quedó en casa,
este cerdito se atiborró,
y este cerdito nada encontró,
y el pequeñito gruñó enojado
y hacia su casa ya se ha marchado.